Sensier (Alfred.) 1877 - Décembre 10

COLLECTION

DE FEU

M. ALFRED SENSIER

CATALOGUE

VENTE

PAR SUITE DU DÉCÈS DE

M. ALFRED SENSIER

TABLEAUX ET DESSINS

DE

L'ÉCOLE MODERNE

TABLEAUX ET DESSINS ANCIENS

ORDRE DES VACATIONS

TABLEAUX ET DESSINS DE L'ÉCOLE MODERNE

EXPOSITIONS { PARTICULIÈRE : Le Samedi, 8 Décembre 1877.
PUBLIQUE : Le Dimanche, 9 Décembre 1877.

De une heure à cinq heures.

VENTE :

Le Lundi, 10 Décembre : Les TABLEAUX.

Les Mardi, 11 et Mercredi, 12 Décembre : Les DESSINS.

TABLEAUX ET DESSINS DES ÉCOLES ANCIENNES

EXPOSITION : Le Jeudi, 13 Décembre 1877.

De une heure à cinq heures.

VENTE :

Le Vendredi, 14 Décembre : Les TABLEAUX et DESSINS.

Le Samedi, 15 Décembre : Les DESSINS.

ESTAMPES — MONNAIES — OBJETS D'ART

(Voir le Catalogue spécial)

EXPOSITION : Le Dimanche, 16 Décembre 1877.

De une heure à cinq heures.

VENTE :

Le Lundi, 17 Décembre : Les ESTAMPES.

Le Mardi 18 Décembre : Les MONNAIES et OBJETS D'ART.

Paris. — Typ. PILLET et DUMOULIN, 5, rue des Grands-Augustins.

CATALOGUE

DE LA VENTE

QUI AURA LIEU PAR SUITE DU DÉCÈS

DE

M. ALFRED SENSIER

HOTEL DROUOT

(SALLES N°s 8 ET 9)

COMMISSAIRE-PRISEUR

Mᵉ CH. PILLET

10, rue de la Grange-Batelière.

ASSISTÉ DE

M. GEORGES PETIT
MARCHAND DE TABLEAUX
7, rue Saint-Georges.

M. E. FÉRAL
PEINTRE-EXPERT
54, rue du Faubourg-Montmartre.

Chez lesquels se distribue le Catalogue.

CONDITIONS DE LA VENTE

Elle sera faite au comptant.

Les adjudicataires payeront en sus des adjudications *cinq pour cent* en sus applicables aux frais.

Le Catalogue des estampes se distribue chez M. Clément, expert, 3, rue des Saints-Pères; celui des monnaies et objets d'art, chez M. Feuardent, expert, 4, place Louvois, et chez M. Mannheim, expert, 7, rue Saint-Georges.

En préparation, pour le mois de février prochain, les Catalogues de la remarquable Collection d'Autographes et de la Bibliothèque dépendant de la succession de M. Alfred Sensier.

On trouvera ces Catalogues chez Me Ch. Pillet, 10, rue de la Grange-Batelière; M. Charavay, archiviste paléographe, 51, rue de Seine, et M. Baur, libraire, 21, rue des Saints-Pères.

Paris. — Typ. Pillet et Dumoulin, 5, rue des Grands-Augustins.

Alfred Sensier a toujours pensé que la vie n'est rien si elle n'est pas ennoblie et charmée par la contemplation des œuvres de l'art, par l'étude des œuvres de l'esprit. Il croyait que la maison n'est habitable qu'autant qu'elle est décorée. Il a essayé de mettre son existence d'accord avec son rêve. Il s'est curieusement intéressé aux choses de l'histoire; il a eu la passion des tableaux, des dessins, des estampes, et il a aimé avec le dévouement le plus infatigable, avec un zèle qui s'était levé de fort bonne heure, quelques-uns des plus grands artistes de ce temps. Les années pourront désormais s'enfuir dans l'oubli, le nom de Sensier se trouve associé pour toujours aux noms de Théodore Rousseau, de Diaz, de Millet. Sensier leur est resté fidèle jusqu'à la fin. Ces maîtres ayant disparu, il les a suivis dans la mort.

Mais être l'ami des peintres illustres, ce n'est pas, au point de vue des gens raisonnables, exercer une profession sérieuse. On ne peut, — et le fait est fâcheux sans doute, — dépenser sa vie à regarder des paysages. Dans l'intérêt même de ses goûts, Sensier a dû faire comme tout le monde et sacrifier aux réalités de l'existence. Né à Paris, le 25 décembre 1815, et fils d'un notaire qui avait toujours aimé les livres et qui fut même un des fondateurs de la Société des Bibliophiles, il entendit parler, dès son enfance, des belles éditions à vignettes et des prescriptions du Code de procédure. Il montra pour les choses qu'on célébrait autour de lui un enthousiasme fort inégal. Bien qu'il ait passé dans une étude d'avoué quelques-unes des années de sa jeunesse, Sensier ne cessa pas d'aimer les images. Tout en faisant du droit, il assistait avec une attention passionnée aux aventures de l'art moderne et à ses triomphes ; en même temps, il étudiait l'histoire dans les documents originaux. A vingt et un ans, il avait déjà réuni les commencements d'une collection d'autographes.

Lorsque nous avons connu Alfred Sensier, il venait d'entrer au Louvre. Du 1er avril 1848 à la fin de 1850, il remplit les fonctions de chef du Bureau des Musées. C'est surtout à cette époque qu'il se montra curieux de recueillir les pièces authentiques sur les faits et sur les hommes de la Révolution. Il avait bien étudié ce moment de l'histoire et il était bon à entendre lorsqu'il causait des grands politiques de la Constituante et de la Convention nationale. Tous ceux qui ont eu à s'occuper de cette période historique savent ce que valaient sa collection, ses ingénieuses découvertes, et les souvenirs que lui avait transmis sa famille.

En quittant l'Administration des musées, Sensier entra au ministère de l'Intérieur. Il y demeura jusqu'au 1er juin 1873, époque à laquelle il fut admis à la retraite. Sa santé, depuis quelque temps altérée, ne lui permit point d'utiliser complètement la liberté qu'il avait reconquise. Je n'ai pas — le deuil étant d'hier — à rappeler que Sensier est mort à Paris le 7 janvier 1877, dans son modeste appartement de la rue Chaptal dont il avait fait un petit musée.

Aux heures de sa jeunesse, Sensier s'était trouvé mêlé au groupe des artistes militants, et il noua des relations particulièrement étroites avec ceux qui allaient introduire dans le paysage la poésie d'un nouvel idéal. Sensier, qui n'aimait pas beaucoup les académies, fut, dès l'origine, de la libre académie de Barbizon. Il se lia avec Théodore Rousseau en 1846, c'est-à-dire à une époque où l'éminent paysagiste était encore un proscrit, un hérétique dont les œuvres suspectes auraient, au sentiment du jury, déshonoré le Salon du Louvre. Sensier fut dès-lors associé à toutes les péripéties de la bataille, à toutes les luttes qu'eut à soutenir le vaillant artiste dont il devait être plus tard l'exécuteur testamentaire et l'historien.

Sensier a connu, il a aimé les meilleurs de cette glorieuse phalange de peintres qui ont été ou qui sont encore l'honneur du paysage moderne. Il a vu à l'œuvre et au combat M. Jules Dupré, et Barye, et Troyon et Diaz. Il a été l'ami le plus constant de Jean-François Millet, le grand rustique de Fontainebleau, le poëte austère et charmant à qui la gloire est venue si tard, et dont la mort a été pour l'école française un de ces deuils qu'on ne console pas.

Alfred Sensier, qui se défiait de ses forces, hésita longtemps à faire œuvre de lettré. En 1858, il publiait, sans oser y mettre son nom, une intéressante notice sur Olivier de Serres, mince plaquette que les biblophiles devront conserver, non-seulement en raison des documents qu'elle renferme, mais aussi parce qu'elle a pour frontispice une des plus rares lithographies de Millet. Sensier fit ensuite une excursion dans le dix-huitième siècle : il traduisit et il annota le *Journal de Rosalba Carriera* (1865). Il écrivit dans l'*Époque*, sous le pseudonyme de Jean Ravenel, plusieurs articles sur la peinture moderne; il collabora de la manière la plus active à la *Revue internationale de l'art*, qu'il avait fondée avec Ernest Feydeau et dont la publication fut interrompue par les événements de 1870. C'est dans cette revue qu'il fit imprimer son œuvre principale, les *Souvenirs sur Théodore Rousseau.* Ces articles, pleins de révélations intimes sur l'artiste et sur l'homme, ont été réunis en 1872 et forment un volume qui restera comme la biographie la plus détaillée du grand paysagiste. L'année suivante, Sensier publiait son *Etude sur Georges Michel*, travail difficile, car celui qu'on a appelé le « Ruysdael de Montmartre » était déjà un personnage presque légendaire, et ce n'est pas sans effort que l'historien a pu éclairer les points obscurs de son état civil et de sa vie mystérieuse.

Après avoir terminé cette enquête, Sensier, déjà malade et vieilli avant l'heure, entreprit un livre que lui seul pouvait écrire, une biographie de Jean-François Millet. Il avait sous les yeux les lettres de son camarade, il savait sur ses travaux et sur ses luttes d'artiste, toutes les particularités touchantes que le public n'a point connues. Ce livre n'a malheureusement pas été achevé; mais on nous assure que toutes les notes de l'écrivain ayant été recueillies, il ne sera pas impossible de rétablir les deux ou trois chapitres qui manquent et de publier le manuscrit que Sensier considérait comme son œuvre préférée, sans doute parce qu'elle célébrait le plus cher de ses amis.

Alfred Sensier a lui-même tracé son propre portrait dans quelques lignes qui servent de préambule à ses *Souvenirs sur Théodore Rousseau.* Il avoue qu'il n'est point un critique de profession ; il déclare — en se diminuant un peu — qu'il ne sait pas analyser, qu'il obéit à des entraînements irrésistibles, qu'il lui est impossible d'admirer à demi, et que, lorsqu'il a été conquis, il a « la foi du charbonnier. » C'est là, en effet, son défaut : c'est aussi sa qualité suprême. Mêlé, avec ses illustres amis, à des disputes d'école où il fallait parler un peu haut pour être entendu, persuadé, comme eux, que la victoire est le prix des convictions persistantes, Alfred Sensier a été le dernier enthousiaste.

PAUL MANTZ.

La vente de la collection de feu M. Alfred Sensier avait été décidée vers le mois de mai dernier. Dès ce moment, mon père s'était occupé du classement des tableaux et des dessins de l'école moderne, il avait en partie déjà rédigé les notes qui devaient trouver place dans le catalogue, et ce travail était presque terminé lorsque, lui aussi, la mort est venue le surprendre et l'enlever.

Les exécuteurs testamentaires de M. Alfred Sensier ont bien voulu me laisser le soin de continuer la tâche commencée. Ils ont pensé que le souvenir de Francis Petit, l'autorité de son nom, le crédit dont il jouissait auprès des amateurs, faciliteraient à son fils cette tâche dont il n'osait accepter la responsabilité.

Les témoignages de sympathie que j'ai reçus des clients et amis de mon père sont venus m'apporter un nouvel encouragement, et j'ai accepté cette mission, avec le sentiment de mon insuffisance, mais, en même temps, avec la volonté d'y consacrer tous mes efforts, suivant en cela l'exemple et les traditions de mon père ; heureux si je puis, en les continuant, hériter de la confiance que chacun avait en lui et obtenir la considération dont, à si juste titre, il était entouré.

D'ailleurs, en cette circonstance, ce qui facilitera ma tâche, c'est le mérite et l'attrait de cette collection, c'est le nom de celui qui l'a formée, de M. Alfred Sensier, critique distingué et amateur délicat, associé aux noms de Delacroix, Diaz, Dupré, Jacque, Millet, Rousseau, Troyon, ses amis dont les œuvres (et celles-ci sont choisies avec le goût d'un artiste) n'ont plus rien à redouter du suffrage des amateurs.

Georges Petit.

TABLEAUX ET DESSINS

DE L'ÉCOLE MODERNE

EXPOSITIONS

Particulière : le Samedi 8 Décembre 1877

Publique : le Dimanche 9

De 1 heure à 5 heures.

VENTE

Le Lundi 10, les TABLEAUX

Les Mardi 11, Mercredi 12, les DESSINS

A 2 heures précises.

TABLEAUX MODERNES

DÉSIGNATION

TABLEAUX, ÉTUDES ET ESQUISSES

COROT

1 — Paysage.

Haut., 25 cent.; larg., 20 cent.

DELACROIX

(EUGÈNE)

2 — Lélia dans la caverne du moine, devant le corps de son amant. (George Sand.)

Haut., 22 cent.; larg., 16 cent.

2

DELACROIX

EUGÈNE

3 — Babouches.

Etude.
Vente Delacroix, 1864.

Haut., 15 cent.; larg., 19 cent.

4 — Figures.

Étude.

Haut., 25 cent.; larg., 20 cent.

5 — L'Enfant prodigue.

Esquisse.

Haut., 25 cent.; larg., 35 cent.

6 — Portrait d'Eugène Delacroix.

Esquisse.

Haut., 23 cent.; larg., 18 cent.

7 — Tête de femme.

Esquisse.

Haut., 20 cent.; larg., 15 cent.

DIAZ

8 — Coucher de soleil dans la forêt.

Tableau d'une superbe coloration.

Haut., 46 cent.; larg., 30 cent.

9 — Les Gorges d'Apremont.

Haut., 26 cent.; larg., 35 cent.

10 — Intérieur de forêt, le soir.

Haut., 24 cent.; larg., 37 cent.

11 — Route entre deux bouquets d'arbres.

1850.

Haut., 14 cent.; larg., 28 cent.

12 — Chaumière à Fays.

1859.

Haut., 15 cent.; larg., 22 cent.

13 — Paysage d'Orient.

Haut., 31 cent.; larg., 40 cent.

14 — Psyché.

Esquisse.

Haut., 64 cent.; larg., 44 cent.

DIAZ

15 — Etude de femme d'Orient.

Haut., 19 cent.; larg. 11 cent.

16 — Chiens griffons dans une plaine.

Haut., 17 cent.; larg., 23 cent.

17 — Chiens griffons.

Haut., 11 cent.; larg., 13 cent.

18 — Étude de femme d'Orient.

Haut., 27 cent.; larg., 16 cent.

19 — Étude de femme d'Orient.

Haut., 15 cent.; larg., 8 cent.

20 — Paysage.

Haut., 10 cent.; larg., 15 cent.

21 — Étude pour les dernières larmes.

Haut., 35 cent.; larg., 22 cent.

DUPRÉ

(JULES)

22 — Mare sous bois.

Un troupeau de vaches vient s'abreuver dans une mare ombragée par de grands arbres.

Tableau d'une finesse de ton remarquable.

Haut., 10 cent.; larg., 24 cent.

23 — Le Village.

Grisaille.

Un soleil ardent éclaire vivement les murs décrépits de quelques masures couvertes de chaume.

Tableau d'une coloration très-puissante.

Haut., 32 cent.; larg., 39 cent.

24 — Le Pont de l'Isle-Adam.

Tableau d'une grande vigueur d'exécution.

Haut., 31 cent.; larg., 45 cent.

25 — Cour de ferme dans le Berri.

Tableau d'une grande finesse de ton.

Haut, 19 cent : larg., 37 cent.

DUTILLEUX

26 — Paysage.

Haut., 46 cent.; larg., 38 cent.

27 — Paysage.

Haut., 25 cent.; larg., 34 cent.

GUIGNET

28 — Paysage.

Haut., 43 cent.; larg., 30 cent.

ISABEY

29 — Barque de pêcheur échouée sur le rivage.

Etude.

Haut., 40 cent.; larg., 27 cent.

JACQUE

(CHARLES)

30 — Lisière de forêt, effet de soir.

Haut., 16 cent.; larg., 19 cent.

JACQUE

31 — Paysage.

Haut., 70 cent.; larg., 55 cent.

JEANRON

32 — Paysage.

Haut., 11 cent.; larg., 16 cent.

33 — Paysage.

Haut., 11 cent.; larg., 16 cent.

34 — Femme nue.

Haut., 8 cent.; larg., 15 cent.

35 — Portrait du général Cavaignac.

Haut., 48 cent.; larg., 38 cent.

JOHANNOT

(ALFRED)

36 — Sujet tiré de Walter Scott.

Haut., 30 cent.; larg., 20 cent.

JOHANNOT

(ALFRED)

37 — Sujet tiré de Walter Scott.

Haut., 30 cent.; larg., 20 cent.

JOHANNOT

(TONY)

38 — La Fille du brouillard. (Walter Scott.)

Haut., 35 cent.; larg., 20 cent.

LAMBINET

39 — Paysage, effet d'hiver.

Haut., 15 cent.; larg., 25 cent.

MICHEL

40 — Bouquet d'arbres en plaine.

Haut., 52 cent.; larg., 67 cent.

MICHEL

41 — Chasseur descendant vers la plaine.

Haut., 33 cent.; larg., 51 cent.

42 — Village entouré d'arbres.

Haut., 23 cent.; larg., 32 cent.

43 — Paysage.

Haut., 11 cent.; larg., 15 cent.

MILLET

(JEAN-FRANÇOIS)

44 — Le Retour à la ferme, soleil couchant.

Le croissant de la lune brille déjà dans le ciel ; un berger rentre suivi de ses moutons qui se pressent dans un chemin creux ; son chien, près de lui, surveille le troupeau.

Haut., 45 cent.; larg., 55 cent.

MILLET

(JEAN-FRANÇOIS)

45 — Les Vignerons.

L'un d'eux, au premier plan, est occupé à lier sa vigne, tandis que l'autre enfonce les échalas; au sommet de la colline paissent deux vaches dont la silhouette se détache sur un ciel bleu et transparent.

Tableau plein d'air et de lumière.

Haut., 37 cent.; larg., 29 cent.

46 — Un Berger et son troupeau.

Le ciel est sombre comme avant l'orage et le berger, debout au milieu de son troupeau, semble consulter l'horizon.

Tableau d'une grande souplesse d'exécution.

Haut., 34 cent.; larg., 26 cent.

47 — Berger au soleil couchant.

Semblable à un globe de feu, le soleil va disparaître derrière l'horizon; un berger, enveloppé dans son manteau, rappelle son troupeau disséminé dans la plaine. 1856.

Haut., 20 cent.; larg., 22 cent.

MILLET

(JEAN-FRANÇOIS)

48 — Troupeau de moutons sur la lisière d'un bois.

Pressés les uns contre les autres, ils broutent les jeunes pousses des arbres qui bordent le chemin. Un rayon de soleil éclaire vivement la masse du troupeau.

Haut., 36 cent.; larg., 42 cent.

49 — Jeune bergère assise sous de grands arbres.

Elle vient d'abandonner son fuseau et reste assise dans une attitude mélancolique.

Haut., 65 cent.; larg., 55 cent.

50 — Départ pour les champs.

D'un pas ferme et assuré, un jeune paysan et une jeune paysanne, chargés de leurs outils, traversent la campagne pour se rendre à leur travail. Tableau d'une mâle exécution.

Haut., 45 cent.; larg., 55 cent.

MILLET

(JEAN-FRANÇOIS)

51 — La Gardeuse d'oies.

Une petite paysanne assise sur la berge d'une mare, surveille ses oies qui s'ébattent joyeusement dans l'eau et sur la rive.

Le ciel est couvert de nuages gris et vaporeux.

Haut., 45 cent.; larg., 55 cent.

52 — Le Soir.

Le soleil a disparu; une paysanne enveloppée de sa mante, fait boire sa vache dans une mare. Des nuages légèrement empourprés couvrent l'horizon.

Effet d'une impression très-sincère.

Haut., 45 cent.; larg., 54 cent.

53 — Troupeau de moutons sous bois.

Un rayon de soleil vient éclairer la cime des arbres qui bordent la route. 1850.

Haut., 27 cent.; larg., 15 cent.

MILLET

(JEAN - FRANÇOIS)

54 — Jeune paysanne en forêt.

Vêtue d'une robe de bure grise et d'un tablier bleu, elle s'appuie de ses deux mains sur son bâton. 1849.

Haut., 29 cent.; larg., 15 cent.

55 — Faneuse dans une prairie.

Elle est vêtue d'une robe de laine grise et coiffée d'un capuchon rouge. 1860.

Tableau d'une grande finesse de ton.

Haut., 32 cent.; larg., 23 cent.

56 — Bergère et son troupeau.

Enveloppée dans une peau de mouton, une petite fille fait paître son troupeau sur la lisière de la forêt.

Effet d'hiver.

Haut., 39 cent.; larg., 32 cent.

MILLET

(JEAN-FRANÇOIS)

57 — Cerf aux écoutes.

Avant de se risquer à franchir la brèche, il flaire avec défiance l'autre côté de l'enclos.

Tableau très-serré d'exécution.

Haut., 49 cent.; larg., 60 cent.

58 — Moutons paissant sur une colline.

Temps sombre.

Haut., 45 cent.; larg., 65 cent.

59 — Bords de rivière au coucher du soleil (île Saint-Ouen).

Haut., 14 cent.; larg., 18 cent.

60 — Paysan soufflant dans sa trompe pour rappeler ses vaches.

Haut., 11 cent.; larg., 15 cent.

61 — Bergère gardant ses moutons.

Haut., 43 cent.; larg., 54 cent.

MILLET

(JEAN - FRANÇOIS)

62 — Paysan se reposant après le travail.

Haut., 18 cent.; larg., 27 cent.

63 — La Délaissée.

Assise au pied d'un arbre, elle regarde le sol et semble rêver.

Haut., 34 cent.; larg., 23 cent.

64 — Boulanger enfournant son pain,

Tableau d'une grande puissance de ton.
1848.

Haut., 26 cent.; larg., 21 cent.

65 — Hylas entraîné par les nymphes.

Esquisse.
1846.

Haut., 24 cent.; larg., 40 cent.

66 — Agar dans le désert.

Esquisse.

Haut., 16 cent.; larg., 24 cent.

MILLET

(JEAN - FRANÇOIS

67 — L'Amour endormi.

Haut., 16 cent.; larg., 22 cent.

68 — Jeune femme sortant du bain.

1847.

Haut., 5 cent.; larg., 18 cent.

69 — Après le bain.

Haut., 14 cent.; larg., 17 cent.

70 — Le Sommeil.

Haut., 16 cent.; larg., 21 cent.

71 — La Tentation.

Esquisse.

Haut., 16 cent.; larg., 21 cent.

72 — Paysage.

Haut., 15 cent.; larg., 20 cent.

73 — Femme nue.

Etude.

Haut., 25 cent.; larg., 40 cent.

RICHARD

74 — Paysage.

Haut., 18 cent.; larg., 25 cent.

75 — Paysage.

Haut., 10 cent.; larg., 15 cent.

76 — Paysage.

Haut., 8 cent.; larg., 11 cent.

77 — Paysage.

Haut., 20 cent.; larg., 25 cent.

78 — Paysage.

Haut., 26 cent.; larg., 20 cent.

79 — Paysage.

Haut., 7 cent.; larg., 5 cent.

80 — Paysage.

Haut., 4 cent. ; larg., 7 cent.

81 — Paysage.

Haut., 6 cent. ; larg., 11 cent.

ROUSSEAU

(THÉODORE)

82 — Soleil couchant sur les hauteurs du Jean de Paris (forêt de Fontainebleau).

C'est l'heure du crépuscule ; la silhouette du Jean de Paris se dessine majestueusement sur la portion du ciel encore éclairée par les derniers rayons du soleil. Tous les premiers plans sont déjà enveloppés dans le clair obscur.

Tableau d'un grand style et d'une grande puissancee de ton.

8 8.

Haut., 23 cent. ; larg., 40 cent.

83 — Le Monticule du Jean de Paris.

Le terrain verdoyant est encore humide de rosée ; un soleil matinal filtre à travers le feuillage jaunissant de quelques bouleaux et donne à leur écorce une coloration argentée. Une paysanne, en jupe bleue, anime ce paysage dont l'effet est aussi harmonieux que sincère.

Tableau d'un ton blond et très-lumineux.

1848.

Haut., 39 cent. ; larg., 23 cent.

ROUSSEAU

(THÉODORE)

84 — La Mer vue des falaises (Calvados).

Près du rivage, deux roches battues par la vague; au loin, la mer et le ciel.

Etude très-puissante et très-sincère.

Haut., 21 cent.; larg., 30 cent.

85 — Bouquet d'arbres et chaumière.

Haut., 24 cent.; larg., 37 cent.

86 — Chemin creux conduisant à un bouquet d'arbres.

Peinture à l'essence.

Haut., 22 cent.; larg., 27 cent.

87 — La Chaîne des Alpes et le lac de Genève.

Étude.

Haut., 23 cent.; larg., 39 cent.

88 — Chaumière sous de grands arbres.

Peinture à l'essence.

Haut., 19 cent.; larg., 24 cent.

ROUSSEAU

(THÉODORE)

89 — Vue de la chaîne des Alpes, du lac de Genève et du pays de Gex.

Haut., 23 cent.; larg., 40 cent.

90 — Orage en plaine.

Des nuages sombres roulent dans le ciel et annoncent l'orage qui va éclater.

Haut., 22 cent.; larg., 31 cent.

91 — Lisière de la forêt.

Effet d'automne.

Haut., 18 cent.; larg., 18 cent.

92 — La Maison de Rousseau à Barbizon.

1858.

Haut., 29 cent.; larg., 46 cent.

93 — Vue aux Écouettes (forêt de Fontainebleau).

Octobre 1845.

Haut., 20 cent., larg., 11 cent.

ROUSSEAU

(THÉODORE)

94 — Mare au milieu des rochers.

Étude d'après nature.

1830.

Haut., 32 cent.; larg., 43 cent.

95 — Les Rochers de Macbey.

Étude d'après nature.

1830.

Haut., 32 cent.; larg., 43 cent.

96 — La Vallée tournante de Thiézac (Auvergne).

1830.

Haut., 25 cent.; larg., 32 cent.

97 — La Vallée de Saint-Vincent ; à l'horizon, la chaîne du Cantal.

1830.

Haut., 18 cent.; larg., 32 cent.

98 — Rochers de Macbey dans le Cantal.

1830.

Haut., 26 cent.; larg., 33 cent.

ROUSSEAU

(THÉODORE)

99 — Les Vosges, vues d'une hauteur près Belfort.

1830.

Haut., 26 cent.; larg., 35 cent.

100 — Vallée dans le Cantal.

1830.

Haut., 18 cent.; larg., 31 cent.

101 — Paysage.

Haut., 60 cent.; larg., 75 cent.

102 — Paysage.

Haut., 55 cent.; larg., 70 cent.

103 — Paysage.

Haut., 14 cent.; larg., 7 cent.

104 — Paysage.

Haut., 14 cent.; larg., 7 cent.

ROUSSEAU

(THÉODORE)

105 — Paysage.

Haut., 14 cent.; larg., 7 cent.

106 — Paysage.

Haut., 16 cent.; larg., 28 cent.

107 — Paysage.

Haut., 30 cent.; larg., 40 cent.

TROYON

108 — Paysage de Hollande (effet de matin).

Les premiers rayons du soleil viennent de traverser les brumes légères du matin et inondent d'un long réseau argenté le cours d'eau qui coupe la plaine dans toute sa longueur. Le ciel, nuancé de tons gris et transparents, va se confondre avec l'horizon.

Tableau d'une superbe qualité.

Haut., 20 cent.; larg. 26 cent.

TROYON

109 — Vaches dans un pâturage.

Étude.

Vente Troyon.

Haut., 25 cent.; larg., 37 cent.

110 — Troupeau de vaches au bord d'une mare.

Etude.

Vente Troyon.

Haut., 26 cent.; larg., 47 cent.

DIVERS

111 — 21 Paysages.

112 — 10 Copies.

DESSINS

AQUARELLES & PASTELS

AQUARELLES, PASTELS ET DESSINS

BARYE

113 — Tigre royal.

Superbe aquarelle.

114 — Cerf traversant la plaine.

Aquarelle.

115 — Biche aux écoutes.

Aquarelle.

BONVIN

116 — La Lecture pendant le déjeuner.

Aquarelle.

117 — Le Graveur à l'eau-forte.

Aquarelle.

COUTURE

118 — L'Enfant prodigue.

Croquis à la plume.

DAUMIER

119 — Pendant l'audience.

Aquarelle.

120 — Le Tribunal.

Aquarelle.

DELACROIX

(EUGÈNE)

121 — Tigre guettant une proie.

Pastel.

122 — Fleurs.

Aquarelle.

DELACROIX

(EUGÈNE)

123 — La Chambre d'Eugène Delacroix à Tanger.

Vente posthume, 1864.

Aquarelle.

124 — Assassinat de l'évêque de Liége.

Première pensée du tableau.
Sépia rehaussée.

125 — La Barque de Don Juan.

Sépia.

126 — Le Moine de Kopmanhurst.

Lavis.

127 — Satan descendant du ciel sur la terre. (Prologue du *Faust* de Gœthe.)

Dessin à la plume lavé de noir et d'indigo (1828).

Vente Villot.

DELACROIX

(EUGÈNE)

128 — La Mort de Lara.

Dessin à la plume.

129 — Hamlet — « Je suis l'esprit de ton père » 1843.

Dessin.

Vente Delacroix.

130 — Hamlet — « A présent, je puis le tuer facilement »

1843.
Dessin.
Vente Delacroix.

131 — Apparition de Marguerite à Faust.

Dessin pour la lithographie.

132 — Hercule sollicité par le Vice et la Vertu.

Dessin à la plume.

DELACROIX

(EUGÈNE)

133 — Ovide chez les Scythes.

Carton du tableau.

Dessin.

134 — Etude de cheval.

Dessin à la plume.

135 — Ugolin et ses enfants.

Dessin à la plume.

DUPRÉ

(JULES)

136 — Allée de Rhode (Indre).

Magnifique dessin au crayon noir.

137 — Rivière bordée de saules.

Dessin au crayon noir.

138 — Troupeau de vaches dans un marécage.

Dessin au crayon noir.

HERVIER

139 — L'Ancienne voirie des Buttes Chaumont, 1853.

Aquarelle.

JACQUE

(CHARLES)

140 — Bûcherons dans la forêt (effet d'hiver).

Dessin rehaussé.

141 — Chevaux et vaches à l'abreuvoir.

Dessin rehaussé.

142 — Les Forgerons.

Lavis.

143 — Porcs près d'une ferme.

Dessin au crayon noir.

144 — Porcs dans une mare.

Dessin au crayon noir.

JACQUE

(CHARLES)

145 — Troupeau de porcs fuyant devant l'orage.

Dessin au crayon noir.

146 — La Halte au moulin.

Dessin au crayon noir.

147 — La Partie de cartes.

Dessin au crayon noir.

148 — Troupeau de porcs dans la plaine.

Dessin au crayon noir.

149 — Paysage.

Dessin au crayon noir.

150 — Chasseur et son chien.

Dessin au crayon noir

JACQUE

(CHARLES)

151 — Paysan donnant à manger à ses porcs.

Dessin au crayon noir.

152 — Chevaux dans une prairie.

Dessin au crayon noir.

153 — Porcs près d'une mare.

Dessin au crayon noir.

154 — La Forêt (effet d'hiver).

Dessin au crayon noir.

155 — Trois dessins à la mine de plomb.

156 — Troupeau de porcs sous bois.

Dessin au crayon noir.

JACQUE

(CHARLES)

157 — Intérieur d'une boucherie de campagne, 1847.

Dessin au crayon noir.

158 — Route conduisant en forêt.

essin au crayon noir.

159 — Troupeau de porcs dans la campagne.

Dessin à la plume.

160 — Cavalier en plaine.

Dessin au crayon noir.

161 — Entrée d'une chaumière.

Dessin au crayon noir.

162 — La Plaine, le soir.

Dessin au crayon noir.

JACQUE

(CHARLES)

163 — Intérieur de forge.

Dessin au crayon noir.

164 — Paysan attisant son feu.

Dessin au crayon noir.

165 — Chemin tournant en forêt, 1850.

Dessin au crayon noir.

166 — Les Chercheurs de truffes.

Dessin au crayon noir.

167 — Une Saulée à Cricey (mai 1852).

Dessin.

168 — Poules et canards dans un poulailler.

Dessin à la plume, légèrement lavé.

JACQUE

(CHARLES)

169 — **Intérieur de basse-cour.**

Plume et lavis.

170 — **La Plaine.**

Croquis à la plume.

171 — **Vaches traversant un bois.**

Dessin et plume.

172 — **Troupeau de vaches à l'abreuvoir**

Dessin à la plume.

173 — **Troupeau de porcs.**

Dessin à la plume.

JONGKIND

174 — **Bateaux échoués à Sainte-Adresse.**

Aquarelle.

JONGKIND

175 — Saint-Parizi-le-Châtel (Nièvre).

Aquarelle.

176 — Plage près le Havre.

Aquarelle.

177 — Vue prise à Anvers.

Aquarelle.

178 — Le Bassin du Havre.

Aquarelle,

179 — Entrée du port, bâtiments en panne.

Aquarelle.

180 — Rochers au bord de la mer au Havre.

Aquarelle.

181 — Le Pont de l'Hôtel-Dieu.

Dessin au crayon noir.

LAMY

(EUGÈNE)

182 — Entrée des troupes françaises dans une ville belge en 1832.

Dessin à la plume et lavé.

183 — Courses au Champ-de-Mars.

Dessin.

MARILHAT

184 — Départ d'une caravane.

Sanguine.

MILLET

(JEAN-BAPTISTE)

185 — Le Village de Barbizon.

Dessin au crayon noir.

186 — Environs de Fontainebleau.

Dessin au crayon noir.

187 — L'Entrée de la forêt.

Dessin au crayon noir.

MILLET

(JEAN-FRANÇOIS)

188 — Jeune fille venant de puiser de l'eau à la rivière.

Paysage clair et lumineux.

Aquarelle.

189 — Une ferme sur la falaise de Gréville.

Aquarelle.

190 — Petite fille pourchassant des oies.

Il est impossible de rendre avec plus d'esprit le mouvement de cette petite scène champêtre.

Aquarelle.

191 — Les Tondeurs de moutons.

Une femme est en train de tondre un mouton que le paysan maintient sur une cuve renversée.

Superbe aquarelle.

MILLET

(JEAN-FRANÇOIS)

192 — Paysanne se coiffant.

C'est l'aube, le jour n'éclaire encore que discrètement les objets qui sont dans la chambre.

Pastel et crayon noir.

193 — Berger gardant ses moutons.

Le troupeau est en train de paître au milieu de la plaine encore couverte de rosée. Le ciel fin et argenté et les brumes légères qui enveloppent la plaine, donnent une impression très-juste de l'air vif et pénétrant du matin.

Pastel.

194 — La Causerie.

Assise sur un tertre, une jeune paysanne tricote en gardant son troupeau auprès d'un petit bois. Un jeune laboureur a laissé sa charrue au milieu des champs pour venir causer avec elle.

Le paysage est d'un ton clair et lumineux.

Pastel.

MILLET

(JEAN-FRANÇOIS)

195 — Petite fille gardant des oies près d'une mare.

Une baguette à la main, elle surveille tout le troupeau du haut de la berge; on aperçoit au fond les chaumières du village et une paysanne conduisant deux vaches.

Pastel.

196 — Paysanne conduisant aux champs sa vache et ses moutons.

Pastel et crayon noir.

197 — La Becquée aux enfants.

Assis sur le pas d'une porte, trois bambins joufflus attendent la bouillie que leur distribue leur jeune mère.

Petite scène pleine de charme et de naïveté.

Pastel.

198 — Un Jardin à Barbizon.

Au premier plan, une jeune paysanne est assise au pied d'un arbre; plus loin, un marmot poursuit des poules; le jardin, au fond duquel on aperçoit quelques ruches d'abeilles, est plein d'air et de lumière.

Pastel.

MILLET

(JEAN-FRANÇOIS)

199 — La Leçon de couture.

Une paysanne, tout en allaitant son enfant, donne à une petite fille d'une dizaine d'années, ses premières leçons de couture. Une fenêtre ouverte laisse voir le jardin verdoyant et ensoleillé.

Pastel.

200 — Paysanne faisant paître deux vaches.

Scène champêtre rendue avec la plus grande vérité.

Pastel.

201 — Le Palissadier des vignes.

Courbé sur ses espaliers, un paysan est en train de lier avec soin les jeunes pousses de sa vigne; tout autour de lui, les pommiers en fleurs, les buissons qui reverdissent, annoncent le printemps dans tout son éclat.

Superbe pastel du maître.

202 — Le Repos au milieu du jour.

C'est à l'heure accablante du jour; un paysan, assis sur sa brouette, bat le briquet pour allumer sa pipe, sa femme est assise auprès de lui.

Le soleil inonde de lumière tout le paysage.

Superbe pastel.

MILLET

(JEAN-FRANÇOIS)

L'Épopée des Champs

Sous cette dénomination, Millet s'était proposé de célébrer les travaux champêtres. Les vingt superbes dessins qui suivent, sont le commencement de ce poëme que la mort est venue interrompre.

203 — Moissonneur sciant son blé.

Dessin au crayon noir.

204 — Moissonneur aiguisant sa faux.

Dessin au crayon noir.

205 — Moissonneur aiguisant sa faux (variante).

Dessin au crayon noir.

MILLET

(JEAN-FRANÇOIS)

206 — Moissonneur liant des gerbes.

Dessin au crayon noir.

207 — Le Battage du blé.

Dessin au crayon noir.

208 — Vanneur à la porte d'une grange.

Sanguine.

209 — Paysans fauchant les foins.

Dessin au crayon noir.

210 — Paysan fumant son champ.

Dessin au crayon noir.

211 — Le Semeur.

Dessin au crayon noir.

MILLET

(JEAN-FRANÇOIS)

212 — Faneuses relevant les foins.

Dessin au crayon noir.

213 — Les Glaneuses.

Dessin au crayon noir.

214 — Moissonneurs élevant une meule de blé.

Dessin au crayon noir.

215 — Faucheurs dans la plaine.

Dessin au crayon noir.

216 — La Récolte des pommes de terre. (Effet de soir).

Dessin au crayon noir.

217 — La fin de la moisson.

Arrivée à la ferme de la dernière voiture, escortée de tous les moissonneurs.

Dessin au crayon noir.

MILLET

(JEAN-FRANÇOIS)

218 — Vanneurs dans une grange.

Dessin au crayon noir.

219 — Le Retour des champs à la tombée de la nuit.

Dessin au crayon noir.

220 — Meunier chargeant un sac de blé sur son cheval.

Dessin au crayon noir.

221 — Bûcherons dans la forêt.

Dessin au crayon noir.

222 — Dragueur de sable. (Effet de nuit).

Dessin rehaussé.

MILLET

(JEAN-FRANÇOIS)

223 — Berger appuyé sur son bâton.

Lavis à l'encre de Chine.

224 — Laveuse au bord de l'eau.

Dessin rehaussé.

225 — Petits enfants dénichant des nids.

Dessin rehaussé.

226 — Paysan cerclant une tonne.

Sanguine.

227 — Le Laboureur.

Dessin au crayon noir.

228 — Paysanne surprise par l'orage.

Dessin au crayon noir.

MILLET

(JEAN-FRANÇOIS)

229 — Jeune mère amusant son enfant.

Dessin et crayon noir.

230 — Baigneuse.

Dessin au crayon noir.

231 — Cantonniers prenant leur repas sur le bord d'une route.

Dessin au crayon noir.

232 — La Récolte des pommes de terre.

Dessin au crayon noir.

233 — Les Couturières.

Dessin au crayon noir.

234 — Jeune paysan et jeune paysanne gardant leur troupeau.

Dessin au crayon noir.

MILLET

(JEAN-FRANÇOIS)

235 — Bûcheron se reposant près de son fardeau.

Dessin au crayon noir.

236 — Deux faneuses.

Dessin au crayon noir.

237 — Paysanne faisant paître son troupeau dans la plaine.

Dessin au crayon noir.

238 — Paysanne assise sur le bord de la route en gardant ses vaches.

Dessin au crayon noir.

239 — Gardeuse de moutons à l'entrée de la forêt. Effet d'hiver.

Dessin au crayon noir.

240 — Moissonneuse.

Dessin au crayon noir.

MILLET

(JEAN-FRANÇOIS)

241 — Gardeuse de moutons sur la lisière d'un bois.

Dessin au crayon noir.

242 — Jeune paysan de Barbizon.

Dessin au crayon noir.

243 — Laveuses à la fontaine.

Dessin au crayon noir.

244 — Un vanneur.

Dessin au crayon noir.

245 — Ménagère balayant sa maison.

Dessin au crayon noir.

246 — Jeune paysanne tournant son rouet.

Dessin au crayon noir.

MILLET

(JEAN-FRANÇOIS)

247 — Haute futaie.

Dessin au crayon noir.

248 — Paysage avec mare.

Dessin au crayon noir.

249 — Berger ramenant son troupeau.

Dessin au crayon noir.

250 — Bergère et son troupeau dans la plaine.

Dessin au crayon noir.

251 — Le Cardeur de laine.

Dessin au crayon noir.

252 — Bergère tricotant en gardant son troupeau.

Dessin au crayon noir.

MILLET

(JEAN-FRANÇOIS)

253 — Troupeau de moutons paissant au milieu d'un bois.

Dessin au crayon noir.

254 — L'Écureuse.

Dessin au crayon noir.

255 — Moissonneur liant des gerbes de blé.

Dessin au crayon noir.

256 — Paysan à cheval ramenant un troupeau de vaches.

Effet de soir.

Dessin au crayon noir.

257 — Bûcherons dans la forêt.

Dessin au crayon noir.

MILLET

(JEAN-FRANÇOIS)

258 — Glaneuse revenant des champs, sa gerbe sur la tête.

Effet de soir.

Dessin au crayon noir.

259 — Le Repos des moissonneurs.

Dessin au crayon noir.

260 — L'Entrée de la forêt à Barbizon.

Effet de neige.

Dessin au crayon noir.

261 — Bûcherons liant des fagots en forêt.

Dessin au crayon noir.

262 — Berger gardant son troupeau à l'ombre de grands arbres.

Effet de matin.

Fusain.

MILLET

(JEAN-FRANÇOIS)

263 — Bergère gardant son troupeau sous de grands arbres.

Fusain.

264 — Ferme de But-au-Pieux (environs de Cherbourg).

Dessin à la plume.

265 — Le Repos de midi.

Dessin à la plume.

266 — Paysanne raccommodant son linge.

Dessin à la plume.

267 — Les Terrassiers.

Dessin à la plume.

268 — Croquis divers de Millet avec une pensée de sa main.

Dessin à la plume.

MILLET

(JEAN-FRANÇOIS)

269 — Faneuse.

Dessin à la plume.

270 — Soins maternels.

Dessin à la plume.

271 — Jeune mère préparant le repas de sa famille.

Dessin à la plume.

272 — Paysanne à son rouet.

Dessin au crayon et à la plume.

273 — Paysanne assise au pied d'un arbre.

Croquis au crayon noir.

274 — Petite fille revenant de glaner.

Croquis au crayon noir.

MILLET

(JEAN-FRANÇOIS)

275 — Haute futaie.

Croquis au crayon noir.

276 — Le Repos des travailleurs.

Croquis au crayon noir.

277 — Études de femmes.

Croquis au crayon noir.

278 — Troupeau de moutons sur une colline.

Croquis au crayon noir.

279 — Glaneuses.

Croquis au crayon noir.

280 — Troupeau de vaches paissant sous de grands arbres.

Croquis au crayon noir.

MILLET

(JEAN-FRANÇOIS)

281 — Bergère et son troupeau sur le bord d'une route.

Croquis au crayon noir.

282 — Chemin montant.

Croquis à la plume.

283 — Paysage.

Croquis au pastel.

ROUSSEAU

(THÉODORE)

284 — Route de Franchard au Dormoir (forêt de Fontainebleau).

1850.

Aquarelle.

285 — L'Entrée du village.

Aquarelle.

ROUSSEAU

(THÉODORE)

286 — Chaumière au bord d'une mare.

Aquarelle.

287 — Le Village des Genêts et le chemin conduisant au mont Saint-Michel.

Aquarelle.

288 — Le Chemin de la ferme.

Aquarelle.

289 — Une vallée dans le Jura.

Aquarelle.

290 — Chênes et châtaigniers aux environs de Moigny, en Gâtinais.

1847.

Pastel.

291 — La Descente des vaches.

1835.

Réduction du célèbre tableau.

Dessin au crayon noir.

ROUSSEAU

(THÉODORE)

292 — Le Dormoir (forêt de Fontainebleau).

Dessin au crayon noir.

293 — Petite futaie au bois de Macherin.

1860.

Dessin au crayon noir.

294 — Bouleaux du plateau de Belle-Croix.

Dessin au crayon noir.

295 — La Butte de Macherin.

1857.

Dessin au crayon noir.

296 — Chênes et bouleaux au milieu des roches.

Dessin au crayon noir.

297 — La Clairière.

Dessin au crayon noir.

ROUSSEAU

(THÉODORE)

298 — Bouquets d'arbres au milieu des rochers.

Dessin au crayon noir.

299 — Paysage aux environs de Compiègne.

Dessin au crayon noir.

300 — Ferme sous des châtaigniers à Villebussières, en Berri.

Dessin au crayon noir.

301 — Vue prise des Hautes-Plaines (forêt de Fontainebleau).

Lavis à l'encre de Chine.

302 — Chemin dans les Barbizonnières.

Dessin rehaussé d'aquarelle.

303 — Paysage, le matin.

Lavis à l'encre de Chine.

ROUSSEAU

(THÉODORE)

304 — Jeunes chênes au milieu des rochers.

Dessin à la plume rehaussé d'aquarelle.

305 — Route en forêt.

Dessin rehaussé d'aquarelle.

306 — Chemin en forêt.

Sépia et crayon noir.

307 - Une ferme dans le Berri.

Dessin rehaussé.

308 — Chemin des Brulies. (Forêt de Fontainebleau.

1864.

Fusain.

309 — Bouquets de bois sur une colline.

Dessin à la plume.

ROUSSEAU

(THÉODORE)

310 — Chênes au milieu des roches.

Dessin à la plume.

311 — Mare sur la lisière d'une forêt.

Dessin à la plume.

312 — Paysage.

Dessin à la plume.

313 — Les Gorges d'Apremont.

Dessin à la plume.

314 — Le Dormoir des gorges d'Apremont vu des roches du Jean de Paris. (Forêt de Fontainebleau.)

1860.

Dessin à la plume.

ROUSSEAU

(THÉODORE)

315 — Pâturages dans les montagnes du Jura.

1861.

Dessin à la plume.

316 — Rochers du Jean de Paris (forêt de Fontainebleau).

Dessin à la plume.

317 — Étang bordé d'arbres.

Dessin à la plume.

318 — Pommiers de la belle Marie, près Barbizon.

Dessin à la plume.

319 — Étude de troncs de hêtres.

Dessin à la plume.

320 — Chemin dans les roches.

Dessin à la plume.

ROUSSEAU

(THÉODORE)

321 — Roches dans les bruyères.

Dessin à la plume.

322 — Berger gardant son troupeau dans la plaine de Chailly.

Dessin à la plume.

323 — Franchard.

Août 1852.
Dessin à la plume.

324 — Une ferme en Normandie.

Dessin à la plume.

325 — Chaumière à Becquigny (Picardie).

1857.
Dessin à la plume.

326 — Environs de Compiègne.

Dessin à la plume.

ROUSSEAU

(THÉODORE)

327 — Vue de la vallée de Saint-Ferjeux (Doubs).

Dessin à la plume.

328 — Intérieur de bois dans la vallée de la Houe (Jura).

1863.

Dessin à la plume.

329 — Le chêne et le roseau.

Dessin à la plume.

330 — Chêne abattu par l'orage, sur la lisière de Clairbois (forêt de Fontainebleau).

1840.

Dessin.

331 — Hutte de charbonnier.

Dessin.

ROUSSEAU

(THÉODORE)

332 — Genêts et bruyères au milieu des roches.

Dessin.

333 — Sous bois.

Dessin.

334 — La haute futaie du Déluge (forêt de Fontainebleau).

Vente-Rousseau.

Dessin.

335 — Rochers et bois de la Barbizonnière.

Dessin.

336 — Rivière bordée d'arbres.

Dessin.

337 — La Plaine autour de Barbizon.

Dessin.

ROUSSEAU

(THÉODORE)

338 — Village de Barbizon.

Dessin.

339 — Intérieur de forêt.

Dessin.

340 — Paysage.

Croquis à la mine de plomb.

341 — Roches et bouleaux en plaine.

Croquis à la mine de plomb.

342 — Etude d'arbres.

Croquis à la plume.

343 — Un torrent dans le Jura

Croquis à la plume.

TROYON

344 — Paysage.

Fusain rehaussé.

345 — Paysan tenant sa fourche.

Pastel.

VOLLON

346 — Les Buttes Montmartre.

Dessin rehaussé.

ZAMACOIS

347 — Soldat du temps de Charles IX.

Vente Zamacoïs.

Aquarelle.

348 — Espagnol.

Aquarelle.

349 — Vingt dessins et aquarelles par divers.

DESSINS SUR FEUILLES

DESSINS SUR FEUILLES

(Les Lots seront divisés.)

DELACROIX

(EUGÈNE)

350 — Etudes faites au Maroc.

Dix aquarelles.

351 — Figures diverses.

Cinq aquarelles.

352 — Paysages.

Dix aquarelles.

DELACROIX

(EUGÈNE)

353 — Charles-Quint au monastère de Saint-Just.

Six études pour le tableau.

Dessin au crayon.

354 — Quatre dessins pour la décoration de la Chambre des députés.

355 — Figures diverses.

Dix dessins.

356 — Figures diverses.

Six dessins à la plume.

JACQUE

(CHARLES)

357 — Sujets divers.

Six dessins au crayon noir

ROUSSEAU

(THÉODORE)

358 — Paysages.

Six aquarelles.

359 — Paysages.

Sept dessins au crayon noir.

360 — Paysages.

Onze dessins au crayon noir.

361 — Paysages.

Sept dessins au crayon noir.

362 — Paysages.

Six dessins à la plume.

363 — Paysages.

Trois dessins à la plume.

364 — Cinq dessins par divers.

CROQUIS

CROQUIS EN PORTEFEUILLES

BERTHAULT

365 — Seize paysages.

Dessin à la mine de plomb.

DELACROIX

(EUGÈNE)

366 — Etudes pour le Justinien.

Huit croquis au crayon.

367 — Vingt-six croquis de paysages.

368 — Quinze études de têtes.

369 — Six études de chevaux.

DELACROIX

(EUGÈNE)

370 — Soixante et une études de figures.

371 — Douze croquis divers.

FORGET

372 — Huit aquarelles.

GUIGNET

373 — Neuf paysages et figures.

ISABEY

(PÈRE)

374 — Treize portraits charges.

Lavis à l'encre de Chine.

MICHEL

375 — Onze croquis au crayon noir.

ROUSSEAU

(THÉODORE)

376 — Trente croquis de paysages.

PINELLI

377 — Vingt-quatre dessins à la plume et lavés.

DIVERS

378 — Quatorze aquarelles par divers.

379 — Treize croquis.

380 — Vingt-sept croquis.

381 — Vingt-un croquis.

382 — Trente croquis.

383 — Onze croquis.

384 — Huit croquis.

385 — Dix croquis.

386 — Un lot de cadres.

TABLEAUX ET DESSINS

DES

ÉCOLES ANCIENNES

EXPOSITION

Le Jeudi 13 Décembre 1877

De 1 heure à 5 heures.

VENTE

Les Vendredi 14 et Samedi 15 Décembre 1877

A 2 heures précises.

TABLEAUX ANCIENS

TABLEAUX ANCIENS

BREUGHEL

(PIERRE)

386 — Sujet satyrique et grotesque.

Bois, forme ronde.

Diam., 17 cent.

387 — Groupe de mendiants.

Bon tableau signé en toutes lettres et daté 1568.

Toile. Haut., 18 cent ; larg., 21 cent.

GÉRICAULT

(Attribué à THÉODORE)

388 — Isaac bénissant Ésaü et Jacob.

Toile. Haut., 32 cent.; larg., 45 cent.

HEEMSKERK

389 — Le Marchand de balais.

Il est dans un paysage, armé d'une longue gaule, coiffé d'un chapeau mou dans lequel il a planté une pipe.

Bois. Haut., 15 cent.; larg., 12 cent.

HUYSMANS

(CORNEILLE dit de MALINES)

390 — Paysage.

Sur la lisière d'un bois, des terrains éboulés; à droite, des villageois et leurs bestiaux au bord d'une mare.

Les arbres, d'un ton vigoureux, se détachent sur un ciel brillant avec légers nuages vivement éclairés par les derniers rayons du soleil couchant.

Beau tableau du maître.

Toile. Haut., 82 cent.; larg., 1 m. 15 cent.

HUYSMANS

(CORNEILLE dit de MALINES)

391 — Paysage avec terrains éboulés et mare au premier plan.

Charmant tableau du maître.

Toile. Haut., 26 cent.; larg., 35 cent

HUYSMANS

(CORNEILLE dit de MALINES)

(PENDANT DU PRÉCÉDENT)

392 — Paysage avec terrains éboulés et personnages au premier plan.

Toile. Haut., 26 cent.; larg., 35 cent.

LE MOINE

(FRANÇOIS)

393 — Pan et Syrinx.

Belle esquisse, d'une exécution large et facile, rappelant les plus charmantes compositions de F. Boucher.

Toile. Haut., 45 cent.; larg., 55 cent.

LIOTARD

(JEAN-ÉTIENNE)

394 — Personnage oriental.

Il est assis sur un divan, les jambes croisées, et tient à la main une pipe à long tuyau.

Toile. Haut., 65 cent.; larg., 53 cent.

POUSSIN

(NICOLAS)

395 — Bacchanale.

Un satyre boit dans un vase que soutient un petit amour, une jeune femme nue tenant une boule de cristal est assise en face d'eux.

Ce tableau, qui provient de la collection Boyer-d'Aguilles, est gravé dans le recueil d'estampes faites d'après les principaux tableaux de cette collection.

Toile. Haut., 34 cent.; larg., 26 cent.

PRUD'HON

(PIERRE-PAUL)

396 — Naïade lutinée par les amours.

Ce gracieux petit tableau, qui provient des collections de Boisfremont et Barroilhet, est ainsi décrit dans le catalogue de cette dernière vente : « Une jeune naïade veut éloigner d'elle une troupe d'amours qui cherchent à la troubler dans sa retraite. »

Esquisse pour un tableau exécuté par mademoiselle Mayer.

Toile. Haut., 26 cent.; larg., 21 cent.

PRUD'HON

(PIERRE-PAUL)

397 — L'Impératrice Joséphine.

Assise sur un tertre, dans les jardins de la Malmaison, elle est vêtue d'une robe blanche ; une draperie, couleur feuille morte, est posée sur ses genoux.

Esquisse du grand portrait commandé par l'empereur.

Collection Barroilhet

Toile. Haut., 12 cent.; larg., 16 cent.

REYNOLDS

(W.)

398 — Vue de la ville et de la cathédrale de Beauvais.

Belle esquisse d'un ton doré et d'une remarquable facilité d'exécution.

Papier collé sur toile.

Haut., 27 cent.; larg., 40 cent.

REYNOLDS

(W.)

399 — Paysage. Effet d'orage.

Au premier plan, un cours d'eau traversé par un pont de bois.

Papier collé sur bois.

Haut., 28 cent., larg., 43 cent.

REYNOLDS

(W.)

400 — Paysage.

Au centre, une riche habitation entourée de grands arbres.

Carton.

Haut., 19 cent.; larg , 43 cent.

VÉLASQUEZ

(Attribué à DON DIEGO)

401 — Armée en marche.

Un officier à cheval et quelques soldats se disposent à traverser une rivière ; dans le fond, on aperçoit une ville incendiée.

Bonne peinture digne du maître à qui elle est attribuée.

Bois. Haut., 23 cent.; larg., 31 cent.

WATTEAU

(D'après ANTOINE)

402 — Causerie dans un parc.

Toile. Haut., 50 cent.; larg., 1 m. 05 cent.

ÉCOLE ESPAGNOLE

403 — Oiseaux morts et ustensiles de cuisine posés à terre.

Dessus de porte.

Bois. Haut., 45 cent.; larg., 1 m.

DESSINS ET AQUARELLES

DESSINS ET AQUARELLES

ÉCOLE FRANÇAISE

BOUCHER
(FRANÇOIS)

404 — Maison de villageois.

Pierre d'Italie.

Haut., 17 cent.; larg., 23 cent.

405 — Diane surprise par Actéon.

erre d'Italie.

Haut., 22 cent.; larg., 28 cent.

406 — Nymphes soutenant un médaillon. Une Muse. Pastorale, etc.

Quatre dessins.
Pierre d'Italie.

BOURDON
(SÉBASTIEN)

407 — La Fuite en Égypte.

Mine de plomb et sépia.
Collection Jean Gigoux.

Haut., 19 cent.; larg,. 27 cent.

CALLOT

(Attribué à JACQUES)

408 — Citadelle. Paysage. Forteresse, etc.

Cinq dessins sur deux feuilles.
Plume.

CASSAS

(L.-FRANÇOIS)

409 — Vue du Colisée.

Aquarelle d'une extrême finesse.

Haut., 04 cent.; larg., 08 cent.

410 — Le Palais des doges, la Place Saint-Marc et le Grand Canal, à Venise.

Plume et sépia.

Haut., 27 cent.; larg., 37 cent.

CHARDIN

(Attribué à SIMÉON)

411 — Une École de dessin.

Plume et crayon noir.

Haut., 12 cent.; larg., 14 cent.

CLAUDE LORRAIN

(GELLÉE dit le)

412 — Monument romain.

Au premier plan, des bergers chassent devant eux leurs troupeaux.

Très-beau et important dessin du maître.

Plume et bistre.

Collection Jean Gigoux.

Haut., 30 cent.; larg., 39 cent.

413 — Jeunes femmes portant des corbeilles et des vases d'or.

Beau dessin.

Plume et sépia.

Haut., 11 cent.; larg., 19 cent.

414 — Monuments en ruine et chariot au premier plan.

Plume et sépia.

Collection Thomas Husson.

Haut., 9 cent.; larg., 12 cent.

415 — Paysage avec constructions et fontaine au premier plan. Vue prise aux environs de Rome.

Sépia.

Haut. 20 cent.; larg., 27 cent.

8

CLAUDE LORRAIN

(GELLÉE dit le)

416 — Marine, bateaux amarrés.

Sépia.

Haut., 21 cent.; larg., 30 cent.

417 — Paysage.

Sur le devant, un chasseur longeant un chemin au pied de rochers surmontés de constructions.

Plume.

Haut., 22 cent.; larg., 32 cent.

CLOUET

(Genre de JEHANNET)

418 — Portrait de Henri II enfant.

Pierre d'Italie et sanguine.

Haut., 25 cent.; larg., 18 cent.

COCHIN

(NICOLAS)

419 — Composition allégorique.

Sanguine.

Forme ronde.

Diam., 15 cent.

DUGHET

(Dit le GUASPRE POUSSIN)

420 — Paysage, effet d'orage.

Plume.

Haut., 20 cent.; larg., 26 cent.

DUGHET

(Dit le GUASPRE POUSSIN

421 — Paysages accidentés avec cours d'eau et constructions.

Deux dessins.
Plume et sépia.

FRAGONARD

(HONORÉ)

422 — Paysages, études de plusieurs chats et croquis d'après Rembrandt.

Cinq dessins.
Pierre d'Italie et sanguine.

GAMELIN
(JACQUES)

423 — Soldats et villageois jouant aux boules.

Beau dessin à l'encre de Chine, sur papier bleu rehaussé de blanc à la gouache.

Haut., 25 cent.; larg., 36 cent.

GARAND

424 — Jeune dame élégamment vêtue assise dans un parc et jouant de la vielle.

Pierre d'Italie.

Haut., 28 cent.; larg., 22 cent.

GÉRICAULT
(THÉODORE)

425 — Groupes et études académiques.

Beau dessin à la plume.

Collection Binder.

Haut., 24 cent.; larg., 30 cent.

426 — Paysage avec rochers.

Au premier plan, des pêcheurs tirent un bateau sur le sable.

Belle aquarelle.

Haut., 23 cent.; larg., 20 cent.

GÉRICAULT

(THÉODORE)

427 — Le cuirassier blessé.

Aquarelle.

Haut., 21 cent.; larg., 17 cent.

428 — Le joueur de violon.

Plume.

Haut., 26 cent., larg., 20 cent.

429 — La mort de Pâris.

Au verso :

Figure académique.

Plume et sépia.

Haut., 21 cent.; larg., 13 cent.

430 — Pêcheurs debout.

Au verso :

Un homme étendu sur le sol, plusieurs figures.

Croquis à la plume.

Haut., 14 cent.; larg., 16 cent.

GÉRICAULT
(THÉODORE)

431 — Femme nue debout.

Au verso.

Femme nue assise.

Plume et sépia.

Haut., 21 cent.; larg., 13 cent.

432 — Etudes de paysage.

Plume et mine de plomb.

Haut., 18 cent.; larg., 13 cent.

GILLOT

433 — Bacchanale.

Sanguine.

Haut., 26 cent.; larg., 38 cent.

GRANET
(FRANÇOIS-MARIUS)

434 — La cuisine d'un couvent.

Aquarelle.

Haut., 12 cent.; larg.; 14 cent.

GREUZE
(JEAN-BAPTISTE)

435 — Les derniers moments du grand-père.

Plume et encre de Chine.

Haut., 30 cent.; larg., 47 cent.

JACOBBER ET PROVOST

436 — Fleurs et fruits. Quatorze feuilles d'études.

LA FARGUE

437 — Paysage avec figures et animaux.

Encre de Chine.

Haut., 13 cent.; larg., 17 cent.

LAGNEAU

438 — Portrait d'homme en buste de grandeur naturelle.

Pierre d'Italie.

Haut., 38 cent.; larg., 27 cent.

LANTARA

(SIMON - MATHURIN)

439 — Chemin creux traversant un bois; au premier plan un arbre brisé.

Bon dessin signé en toutes lettres.

Crayon noir.

Haut., 28 cent.; larg., 36 cent.

LANTARA

(SIMON-MATHURIN)

440 — Paysage coupé par une rivière.

Au centre, une construction avec tour s'élève au sommet d'un rocher.

Effet de clair de lune.

Pierre d'Italie rehaussée de blanc.

Collection Jean Gigoux.

Haut., 29 cent.; larg., 33 cent.,

441 — Paysage avec rivière traversée par un pont.

Plume et sépia.

Ovale.

Haut., 11 cent.; larg., 15 cent.

LEBARBIER

(J.-J.-FRANÇOIS)

442 — Deux jeunes femmes jouant avec un amour.

Encre de Chine rehaussée de blanc.

Haut., 25 cent.; larg., 29 cent.

443 — Groupe d'arbres au pied desquels sont deux personnages.

Pierre d'Italie.

Haut., 36 cent.; larg., 22 cent.

LE BRUN

(Mme VIGÉE)

444 — Tête de jeune femme.

Estompe et sanguine.

Haut., 37 cent.; larg., 28 cent.

MANGLARD

(ADRIEN)

445 — Paysage coupé par un cours d'eau.

Pierre d'Italie.

Haut., 22 cent.; larg., 46 cent.

NANTEUIL

(ROBERT)

446 — Portrait d'homme vu à mi-corps.

Pierre d'Italie.

Haut., 23 cent.; larg., 18 cent.

PARROCEL

447 — Paysages avec maisons et forteresses.

Deux spirituels dessins.

Sépia.

Haut., 9 cent.; larg., 16 cent.

PATER

(JEAN-BAPTISTE)

448 — Deux soldats : l'un agenouillé, l'autre étendu sur le sol.

Sanguine.

Haut., 13 cent.; larg., 15 cent.

PERELLE

(NICOLAS)

449 — Paysage avec cours d'eau et maisons.

Plume.

Haut., 11 cent.; larg., 23 cent.

POUSSIN

(NICOLAS)

450 — Bas-relief antique.

Plume et encre de Chine.

Haut., 18 cent.; larg., 39 cent.

451 — Composition allégorique.

Plume et sépia.

Haut, 13 cent.; larg., 19 cent.

POUSSIN

(NICOLAS)

452 — Un homme accroupi, une femme portant une corbeille et deux enfants.

Plume et sépia.

Collections Wertemberg et Thibaudeau.

Haut., 13 cent.; larg., 10 cent.

453 — Moïse sauvé des eaux.

Très-curieux dessin à la plume pour le tableau qui est au musée du Louvre.

Collections Wertemberg et Thibaudeau.

Haut., 11 cent.; larg., 15 cent.

454 — Le repos de la Sainte famille.

Plume et sépia.

Haut., 11 cent.; larg., 16 cent.

POUSSIN

(Attribué à NICOLAS)

455 — Personnages groupés autour d'un autel.

Au verso.

Différents croquis, têtes et figures en pied.

Plume.

Haut., 19 cent.; larg., 26 cent.

PRUD'HON

(PIERRE-PAUL)

456 — L'impératrice Joséphine.

Elle est représentée dans les jardins de la Malmaison, assise sur un tertre, ayant auprès d'elle une lyre.

Dessin pour servir au portrait en pied de Joséphine. Ce projet fut choisi parmi les divers autres présentés par Prud'hon à l'impératrice.

Estompe et crayon noir rehaussés de blanc sur papier gris.

Collection de Boisfremont (vente du 9 avril 1870).

Haut., 19 cent.; larg., 25 cent.

457 — L'impératrice Joséphine dans les jardins de la Malmaison.

Croquis pour le même portrait que le numéro précédent.

Estompe et crayon noir rehaussés de blanc sur papier gris.

Collection de Boisfremont.

Haut., 17 cent.; larg., 21 cent.

PRUD'HON

(PIERRE-PAUL)

458 — L'impératrice Joséphine dans les jardins de la Malmaison.

Assise et vêtue d'une robe décolletée, les bras nus, les jambes croisées, elle tient un bouquet de fleurs.

Très-beau dessin.

Estompe et crayon noir rehaussés de blanc sur papier bleu.

Haut., 21 cent.; larg., 24 cent.

459 Entrevue de l'empereur Napoléon et de l'empereur d'Autriche aux avant-postes, après Austerlitz.

Estompe et crayon noir rehaussés de blanc sur papier bleu.

Collections de Boisfremont et Binder.

Haut., 20 cent.; larg., 27 cent.

460 — La Justice poursuivant le crime.

Étude pour le tableau qui est au musée du Louvre.

Estompe et crayon noir rehaussés de blanc sur papier gris.

Haut., 22 cent.; larg., 35 cent.

ROBERT

(HUBERT)

461 — Jeune femme assise devant une table auprès d'une cheminée et tenant son enfant dans ses bras.

Effet de lumière.

Spirituel dessin.

Plume et sépia rehaussées légèrement à l'aquarelle.

Haut., 21 cent.; larg., 25 cent.

462 — Cour d'une maison normande.

Aquarelle.

Haut., 35 cent.; larg., 22 cent.

463 — Enfant jouant auprès d'une statue.

Sépia.

Haut., 29 cent.; larg., 19 cent.

464 — Une villa à Rome.

Plume et bistre.

Haut., 15 cent.; larg., 28 cent,

465 — Parc avec nappe d'eau.

Sanguine.

Haut., 36 cent.; larg., 28 cent.

SAINT-AUBIN
(GABRIEL DE)

466 — Psyché et des amours.

Jolie aquarelle provenant des ventes Pérignon et Jules Boilly.

Haut., 14 cent.; larg., 17 cent.

467 — Jeune femme assise devant une cheminée.

Mine de plomb et sépia.

Haut., 19 cent.; larg., 15 cent.

468 — Les danseurs.

Plume et sépia.

Provenant des cabinets Pérignon et Étienne Arago.

Haut., 9 cent.; larg., 12 cent.

469 — Jeune femme lisant; derrière elle une statue.

Aquarelle.

Haut., 22 cent.; larg., 15 cent.

SERRES
(DOMINIQUE)

470 — Marine avec navire de guerre et bateaux à voiles.

Jolie aquarelle signée du monogramme et datée 1785.

Haut., 11 sentt.; larg., 19 cent.

THOMAS

471 — Différents artistes du théâtre des Variétés.

Trois aquarelles.

TRINQUESE

(J.)

472 — Jeune femme pinçant de la mandoline.

Sanguine.

Haut., 30 cent.; larg., 21 cent.

VOUET

(SIMON)

473 — Sujets mythologiques.

Quatre dessins d'égale grandeur pour plafonds.

Pierre d'Italie.

Haut., 19 cent.; larg.; 22 cent.

WATTEAU

(ANTOINE)

474 — Un valet debout tenant une bouteille.

Sanguine.

Collection Palla.

Haut., 26 cent.; larg., 17 cent.

WATTEAU

(FRANÇOIS-LOUIS-JOSEPH dit WATTEAU DE LILLE)

475 — Figures à mi-corps, figures d'hommes et de jeunes dames du temps de Louis XVI.

Cinq croquis sur deux feuilles.
Pierre d'Italie.

ÉCOLE FRANCAISE

476 — Portrait de Charlotte Corday.

477 — Feuille d'éventail avec trois médaillons d'après Robert Hubert.

Gouache.

478 — Marchande de légumes.

Plume et sépia.

Haut., 21 cent.; larg., 31 cent.

479 — Jeune femme la tête couverte d'une mantille.

Crayon noir.

Haut., 25 cent.; larg., 19 cent.

ÉCOLE FRANÇAISE

480 — Portrait de jeune femme.

Charmant dessin.
Pierre d'Italie.

Haut., 19 cent.; larg., 15 cent.

ÉCOLE ITALIENNE

BANDINELLI

(BACCIO)

481 — Le Christ descendu de la croix.

Très-beau dessin à la plume pour une plaque en relief rappelant par son caractère les œuvres de Michel-Ange, dont il porte le monogramme, et à qui il a été attribué.

Collections Thibaudeau et Wertemberg.

Haut., 16 cent.; larg., 16 cent.

482 — Villageois jouant avec leur enfant.

Plume.

Haut., 18 cent.; larg., 13 cent.

BARBIERI

(Dit le GUERCHIN)

483 -- Sujets religieux et figures.

Quatre dessins.

Plume, sépia et sanguine.

484 — Paysage avec cavaliers et soldats.

Beau dessin à la plume.

Haut., 29 cent.; larg., 42 cent.

485 — Jeune femme jouant du violon.

Plume et sépia.

Collection Thibaudeau.

Haut,. 23 cent.; larg., 18 cent.

486 — Baigneuses.

Plume.

Haut., 18 cent.; larg., 23 cent.

487 — Cléopâtre.

Plume.

Haut., 19 cent.; larg., 13 cent.

BARBIERI

(Dit le GUERCHIN)

488 — Paysage avec cours d'eau traversé par un pont.

Plume.

Haut., 18 cent.; larg., 30 cent.

BAROCHE

(FRÉDÉRIC)

489 — Trois têtes.

Crayon et pastel.

BIBBIENA

(GALLI dit)

490 — Intérieur d'un palais, intérieur d'un cloître.

Deux dessins.
Plume et encre de Chine.

BOTTICELLI

(SANDRO)

491 — Trois personnages debout.

Au verso :

Deux têtes d'hommes dont une de profil.

Précieux dessins provenant des ventes du roi de Hollande, Guillaume II, et de Jean Gigoux.

Au bistre, sur papier rougeâtre rehaussé de blanc.

Haut., 21 cent. larg., 28 cent.

CANO

(ALONZO)

492 — Sujets religieux.

Deux dessins.

Au bistre.

Haut., 14 cent.; larg., 11 cent.

CORTONE

(PIETRO DE)

493 — Repos de la Sainte Famille.

Plume et sépia.

Ovale.

Haut., 8 cent.; larg., 11 cent.

CROSATO

(JEAN-BAPTISTE)

494 — Figures mythologiques et Amours

Cinq dessins.

Encre de Chine rehaussée de blanc sur papier de couleur.

DELLA BELLA

(STÉFANO)

(DEUX PENDANTS)

495 — Chasses au sanglier.

Plume et encre de Chine.

Haut., 14 cent.; larg., 23 cent.

DELLA BELLA

(STÉFANO)

496 — Soldats à cheval. Différents sujets et études.

Vingt-trois dessins ou croquis sur trois feuilles.

GENNARI

(CÉSAR)

497 — Cléopâtre.

Sanguine sur papier bleu.

Haut., 20 cent.; larg., 15 cent.

GUARDI

(FRANCESCO)

498 — Paysage marine.

Plume et sépia.

Haut., 23 cent.; larg., 32 cent.

PALMA

(JACQUES)

(DEUX PENDANTS)

499 — L'Annonciation. La Cène.

Beaux dessins.
Plume et sépia.

Haut., 29 cent.; larg., 19 cent.

PARMESAN

(MAZZUOLI dit le)

500 — Chiens groupés

Au-dessus, deux figures légèrement indiquées.

Très-joli dessin provenant des collections Mariette, Lawrence, Cuningham et Jean Gigoux.

Haut., 15 cent.; larg., 12 cent..

ROMAIN

(Attribué à JULES)

501 — La Résurrection.

Beau dessin.

Plume et sépia. Gravé.

Collections J. Gigoux et Andréossy.

Haut., 13 cent.; larg., 33 cent.

502 — Guerriers et chariots en marche.

Dessins pour bas-reliefs.

Plume et sépia.

Haut., 11 cent.; larg., 28 cent.

TIMOTHÉE D'URBIN

503 — L'Assomption.

Très-beau dessin à la sépia rehaussé de blanc sur papier gris.

Vente Palla, 1873.

Haut., 23 cent.; larg., 23 cent.

TIEPOLO

(JEAN-DOMINIQUE)

504 — Sujets religieux et études.

Vingt-cinq dessins.
Plume et sépia.

Ce lot sera divisé

TITIEN

(VECELLI dit le)

505 — Paysage accidenté avec cours d'eau et cavalier sur la droite.

Beau dessin à la plume.

Haut., 21 cent.; larg., 30 cent.

506 — Paysage avec constructions en planches au sommet d'un coteau.

Bon dessin.
Collection Richard et Houlditch.

Haut., 22 cent.; larg., 19 cent.

507 — Paysage montueux avec animaux auprès d'une ferme

Plume.

Haut., 15 cent.; larg., 18 cent.

508 — Guerrier, vu à mi-corps.

Croquis à la plume.

Haut., 13 cent.; larg., 10 cent.

VÉRONÈSE

(PAUL)

509 — La Vierge au donataire.

Assise sur un trône, elle tient sur ses genoux l'Enfant Jésus endormi ; à ses côtés, deux personnages sont agenouillés chacun sous la protection d'un ange ; au-dessus, deux chérubins portent une couronne.

Charmante composition du maître.

Le trait à la plume ombré à la sépia.

Collection F. Villot.

Haut., 18 cent.; larg., 16 cent.

VINCI

(LÉONARD DE)

510 — Une main.

Beau dessin d'une remarquable finesse d'exécution.

Plume.

Haut., 10 cent.; larg., 15 cent.

ZUCCARO

(FRÉDÉRIC)

511 — Figures mythologiques sur un char.

Dessin pour plafond.

Pierre d'Italie et sanguine.

Haut , 20 cent.; larg., 13 cent.

ZUCCARO

(FRÉDÉRIC)

512 — Sujets religieux. Sujets mythologiques. Cour d'un palais.

Quatre dessins.
Plume et sépia.

ÉCOLE HOLLANDAISE

ET AUTRES

AVERCAMP

(HENRI VAN)

513 — Paysage avec figures et animaux. Pêcheurs jetant leurs filets, etc.

Quatre dessins et aquarelles.

BARTSCH

514 — Les Pêcheurs, vue du Tibre, près du mont Soracte.

Aquarelle.

Haut., 19 cent.; larg., 27 cent.

BRAMER

(LÉONARD)

515 — Les Moissonneurs.

Plume et encre de Chine.

Haut., 26 cent; larg., 19 cent.

BREENBERGH

(BARTHOLOMÉ)

516 — Maisons et constructions en ruines.

Deux dessins avec les gravures.

Plume et sépia.

Haut., 12 cent.; larg., 10 cent.

BREUGHEL

(JEAN dit de VELOURS)

517 — Vues de Hollande : Canal avec bateaux. Canal bordé de maisons.

Deux dessins.

Plume et aquarelle.

BREUGHEL

(PIERRE)

518 — Le Tireur d'arc. Un Cheval effrayé. Le Marchand ambulant.

Trois dessins de forme ronde.

Plume.

Diam., 16 cent.

BRIL

(PAUL)

519 — Paysage accidenté avec arbres, sur la crête d'un rocher.

Plume.

Haut., 22 cent.; larg., 17 cent.

CATS

520 — Paysage avec mare au premier plan.

Encre de Chine.

Haut., 14 cent.; larg., 13 cent.

DUCQ

(JEAN LE)

521 — Un Buveur.

Encre de Chine et pierre d'Italie.

Haut., 25 cent.; larg., 13 cent.

DURER

(ALBERT)

522 — Des hommes prenant de l'eau dans une citerne.

Signé du monogramme et daté 1514.
Fait par l'artiste pour son Traité de perspective.
Très-curieuse aquarelle provenant de collections célèbres dont elle porte les marques.

Haut., 24 cent.; larg., 22 cent.

EVERDINGEN

(ALBERT VAN)

523 — Paysage accidenté avec villageois.

Encre de Chine.
Signé du monogramme.

Haut., 13 cent.; larg., 17 cent.

EVERDINGEN

(ALBERT VAN)

524 — Paysage.

Effet de neige avec rivière glacée et patineurs.
Aquarelle.

Haut., 10 cent.; larg., 12 cent.

EVERDINGEN

(ALBERT VAN)

525 — Ville de Hollande.

Aquarelle.

Haut., 18 cent.; larg., 28 cent.

GOYEN

(JEAN VAN)

526 — Paysage. Effet d'hiver.

Au premier plan, une rivière glacée avec nombreux patineurs; au second plan, une cabane et quelques maisons de paysans en partie cachées par de grands arbres.

Charmant dessin.

Encre de Chine et pierre d'Italie.

Haut., 14 cent.; larg., 19 cent.

527 — Village au bord d'une rivière.

Spirituel et fin dessin de l'artiste.

Signé du monogramme.

Pierre d'Italie et encre de Chine.

Haut., 11 cent.; larg., 20 cent.

GOYEN

(JEAN VAN)

528 — Vue de Hollande.

Au premier plan, des pêcheurs montés dans des canots font halte près d'une riche construction bâtie au bord d'une rivière.

Pierre d'Italie et encre de Chine.

Haut., 11 cent.; larg., 21 cent.

529 — Le Jour de marché.

Des paysans à pied ou montés sur des chariots font halte sur la place d'un village hollandais.

Pierre d'Italie.

Haut., 14 cent.; larg., 26 cent.

530 — La Meuse, près Dordrecht.

Encre de Chine.

Haut., 18 cent.; larg., 24 cent.

HEYDEN

(JEAN VANDER)

531 — Maison hollandaise.

Aquarelle.

Haut., 13 cent.; larg., 19 cent.

HOCH

(FRÉDÉRIC)

232 — Un lot de huit dessins.

Épisode des guerres entre les Autrichiens et les Russes.

Signés et datés 1783.

Mine de plomb.

JORDAENS

(JACQUES)

533 — Antoine et Cléopâtre.

Belle aquarelle.
Signée en toutes lettres.

Collection Jean Gigoux.

Haut., 42 cent.; larg., 36 cent.

534 — La Jeune mère.

Aquarelle.

Haut., 45 cent.; larg., 40 cent.

535 — Le Satyre chez les paysans.

Aquarelle.

Haut., 18 cent.; larg., 23 cent.

KAREL DU JARDIN

(DEUX PENDANTS)

536 — Chevaux et bœufs au pâturage.

Très-beaux dessins.

Plume et bistre.

Haut., 14 cent.; larg., 40 cent.

KAREL DU JARDIN

(Attribué à)

537 — Entrée de village.

Au premier plan, des villageois conduisant des bestiaux.

Plume et encre de Chine.

Haut., 25 cent.; larg., 37 cent.

KERKHOFF

538 — Paysage avec chaumière. — Chemin traversant un village.

Deux dessins.

Encre de Chine.

KOBELL

(JEAN)

539 — Un Album contenant environ 90 dessins ou croquis.

Paysages.

Plume, encre de Chine ou sépia.

LIEND

(PIERRE VAN)

540 — Port de mer hollandais.

Dessin d'une extrême finesse, signé en toutes lettres et daté 1755.

Encre de Chine.

Haut., 23 cent.; larg., 35 cent.

LIEVENS

(JEAN)

541 — Village hollandais. — Paysage avec chaumière, etc.

Trois dessins.

Plume et sépia.

542 — Anachorète en prière.

Plume et sépia.

Haut., 16 cent.; larg., 12 cent.

MOLYN

(PIERRE)

543 — Paysage accidenté et chasseurs.

Très-joli dessin signé en toutes lettres et daté 1654.

Pierre d'Italie.

Haut., 15 cent.; larg., 20 cent.

MOLYN

(PIERRE)

544 — Le Coup de vent.

Spirituel dessin, signé en toutes lettres et daté 1655.

Pierre d'Italie et encre de Chine.
Collection Jean Gigoux.

Haut., 15 cent.; larg., 20 cent.

545 — Château-fort au bord d'un cours d'eau.

Encre de Chine et pierre d'Italie.

Haut., 20 cent.; larg., 31 cent.

OMMEGANCK

(BALTHASAR)

546 — Pâturage en Hollande.

Au premier plan, un cours d'eau; à gauche, une femme trait une vache; dans le fond, un moulin.

Très-joli dessin signé en toutes lettres.
Encre de Chine.

Haut., 23 cent.; larg., 34 cent.

OSTADE

(ADRIEN VAN)

547 — Le Joueur de violon.

Plume et sépia.

Haut., 13 cent.; larg., 12 cent.

548 — Un Buveur debout vu de dos.

Aquarelle.

Haut., 8 cent. larg., 4 cent.

549 — Intérieur rustique.

Plume et encre de Chine.

Haut., 18 cent.; larg., 26 cent.

OSTADE

(ISAAC)

550 — Fumeurs et buveurs.

Plume et sépia.

Haut., 17 cent.; larg., 24 cent.

551 — Un Homme debout.

Plume et sépia.

Forme ovale. Haut., 20 cent.; larg., 13 cent.

RABEL
(JEAN)

552 — Paysage avec figures et animaux.

Signé et daté 1590.
Plume.

Haut., 21 cent.; larg., 30 cent.

REMBRANDT
(VAN RYN)

553 — Le Mauvais riche.

Plume et sépia.

Haut., 19 cent.; larg., 27 cent.

554 — L'Entrée d'un palais avec grand escalier.

Signé et daté 1640.

Au bistre.

Haut., 18 cent.; larg., 29 cent.

555 — Saint Martin partageant son manteau.

Plume et sépia.

Haut., 21 cent.; larg., 15 cent.

556 — Sujet biblique, paysage, etc.

Six dessins.
Plume et sépia.

REMBRANDT

(Attribué à VAN RYN)

557 — Tobie rendant la vue à son père.

Plume.

Haut., 21 cent.; larg., 17 cent.

SCHALKE

558 — Vue de Hollande.

Plume et encre de Chine.

Haut., 12 cent.; larg., 22 cent.

STRY

(JEAN VAN)

559 — Le Passage du gué. — Paysage et cavalier.

Deux dessins.
Sépia et aquarelle.

TÉNIERS

(DAVID)

560 — Entrée de village.

Au premier plan, un paysan sur un chemin; au centre, l'église; à gauche, deux hommes causent devant leur maison.

Pierre d'Italie et encre de Chine.

Haut., 21 cent.; larg., 27 cent.

TENIERS

561 — Le Joueur de cornemuse. — Paysage avec château.

Deux dessins.

Mine de plomb, encre de Chine et sépia.

ULFT

(JAKOB VAN DER)

562 — Ville avec palais et nombreux personnages. — Constructions en ruine. — Paysage.

Trois dessins.

Sépia.

VELDE

(GUILLAUME VAN DE)

563 — Calme plat avec navire de guerre et bateaux à voiles.

Beau dessin à l'encre de chine d'une remarquable finesse.

Haut., 11 cent ; larg., 25 cent.

VELDE

564 — Combat naval.

Plume et encre de Chine.

Haut., 19 cent.; larg., 39 cent.

565 — Navire de guerre en pleine mer.

Plume et encre de Chine.

Haut., 14 cent.; larg., 20 cent.

566 — Mer houleuse avec bateaux à voiles.

Plume et encre de Chine.

Haut., 14 cent.; larg., 11 cent.

VERDUSSEN

(PIERRE)

567 — Cavalier faisant halte au bord d'une rivière.

Encre de Chine.

Haut., 20 cent.; larg., 23 cent.

VERSCHURING
(HENRI)

568 — Un Camp.

Charmant petit dessin.

Plume et encre de Chine.

Haut., 10 cent.; larg., 19 cent.

VEYROTTER

569 — Ville avec palais et églises au bord d'un fleuve.

Plume et encre de Chine.

Haut., 15 cent.; larg., 24 cent.

VOS
(MARTIN DE)

570 — La Vérité.

Plume et sépia.

Haut., 19 cent.; larg., 25 cent.

VYKERK

571 — Paysage avec chaumières.

Encre de Chine et sépia.

Haut., 29 cent.; larg., 27 cent.

WATERLOO

(ANTOINE)

572 — Paysage avec église sur la droite.

Pierre d'Italie et encre de Chine.

Haut., 20 cent.; larg., 31 cent.

WELL

(VAN)

573 — Canal glacé avec patineurs.

Plume et encre de Chine.

Haut., 20 cent.; larg., 32 cent.

ZEEMAN

(RÉGNIER)

574 — Port de mer.

Plume.

Haut., 17 cent.; larg., 30 cent.

ÉCOLE HOLLANDAISE

575 — Paysage avec porte et pont-levis.

Aquarelle.

Haut., 5 cent.; larg., 22 cent.

ÉCOLE ESPAGNOLE

VALDÈS (LUCAS DE)

Sujet religieux.

Aquarelle sur vélin.

Haut., 15 cent.; larg., 14 cent.

ÉCOLE ESPAGNOLE

577 — Quatre dessins dont un par Tobar et deux attribués à Murillo.

ÉCOLE ANGLAISE

ROWLANSON (THOMAS)

578 — Paysage avec marche d'animaux. Plage avec pêcheurs, lutteurs, etc., etc.

Cinq aquarelles.

579 — Sous ce numéro seront vendus les dessins et aquarelles non catalogués.

www.ingramcontent.com/pod-product-compliance
Ingram Content Group UK Ltd.
Pitfield, Milton Keynes, MK11 3LW, UK
UKHW031900260826
14628UKWH00002B/889

9 782329 340975